這本書屬於：

怎樣使用此書

不同的心態，不同的故事

人生難免有高有低，學會保持樂觀正面的心態，是孩子成長過程中非常重要一環。在遇到問題的時候，如果懂得以積極的態度面對，問題自然迎刃而解。

本書是內含兩個故事的雙情境繪本：在《今天真是棒極了！》裏，西奧以積極正面的態度面對生活，所以這一天過得很美好；在《今天真是糟透了……》裏，雖然西奧遇到了同樣問題，但他卻怒氣沖沖，結果那天過得非常糟糕。

這本書教導孩子怎樣將負面心情轉變成為正面態度。這種保持樂觀的心態，孩子將會畢生受用。

正反心態雙故事系列
今天真是棒極了！
作　　者：安娜斯塔西婭・加爾金納（Anastasiya Galkina）
繪　　圖：葉卡捷琳娜・拉達特科（Ekaterina Ladatko）
翻　　譯：張碧嘉
責任編輯：王一帆
美術設計：劉麗萍
出　　版：新雅文化事業有限公司
香港英皇道499號北角工業大廈18樓
電話：（852）2138 7998
傳真：（852）2597 4003
網址：http://www.sunya.com.hk
電郵：marketing@sunya.com.hk
發　　行：香港聯合書刊物流有限公司
香港荃灣德士古道220-248號荃灣工業中心16樓
電話：（852）2150 2100
傳真：（852）2407 3062
電郵：info@suplogistics.com.hk
印　　刷：中華商務彩色印刷有限公司
香港新界大埔汀麗路36號
版　　次：二〇二三年六月初版

ISBN: 978-962-08-8202-9

Original title: *The awesome day*
First published in the United States of America by "Clever-Media-Group" LLC

18/F, North Point Industrial Building, 499 King's Road, Hong Kong
Published in Hong Kong SAR, China
Printed in China

正反心態雙故事系列

今天真是棒極了！

安娜斯塔西婭．加爾金納 著
葉卡捷琳娜．拉達特科 繪

新雅文化事業有限公司
www.sunya.com.hk

有一天，西奧從小牀上醒來，陽光灑在他的臉上。

「天氣真好啊！」

他打着呵欠，笑着說，

「吃完早餐，不如出去走走吧。」

西奧走了一會兒，看見查理正在玩遊戲，將膠圈拋到半空，再用頭上的龍角接住。

「嗨，西奧！」查理叫他，「你要試試嗎？」

「好啊。」西奧說。他拋起膠圈嘗試，卻接不到。他再試一次，但都不成功。

西奧歎了口氣，說：**「我做不到呢。」**

「再試一試吧！」查理鼓勵他。

「我知道怎樣玩了！」

西奧高呼。他將膠圈套在尾巴、鼻子和龍角上，然後轉動它們。

「很厲害啊！」

查理在旁歡呼。

西奧笑了起來。「謝謝你，查理！」他說，「謝謝你與我一起玩！下次再見。」

「今天真棒。」西奧愉快地說，「吃點巧克力，會令今天更完美！」

但他剛打開商店大門，就有人踩到了他的尾巴。

「啊！」西奧叫道。

「噢，很對不起。」一個女孩說，「你痛嗎？」

「不要緊，我沒事。」西奧回答說，「我叫西奧！」

「我叫安娜貝爾。」女孩說。

「很高興認識你啊，安娜貝爾。」西奧說，「我正要去買些巧克力，跟你分享好嗎？」

「好啊！」安娜貝爾回答。

買完巧克力，西奧走到店外打開包裝。他一不小心，巧克力就掉到泥地上。

「哎呀，糟糕！」他驚呼。

西奧和安娜貝爾看着螞蟻走出草堆，向着巧克力進發。觀察螞蟻走來走去，實在太有趣了，他們也忘了自己想吃巧克力呢。

後來，安娜貝爾說她要回家了，這對新朋友就互相道別。

西奧走在回家的路上，他感到有雨水落到頭上。

「我最喜歡用尾巴玩水啦！」他高興地說。

接着，他就跳進面前的水坑。

西奧回家後，看見媽媽已經準備好了西蘭花和烤麪包。

「媽媽！」西奧叫道，「我想自己試一試烤麪包啊！」

媽媽微笑着回答：「這是我為你烤的，西奧，不如你也烤給媽媽吃吧？」

於是西奧拿起麪包，烤成媽媽喜歡的樣子。

那天晚上，西奧躺在牀上，蓋好被子，回想這天發生的各種有趣的事情。

「真是美好的一天啊！」

他說。

然後他就進入了夢鄉。

正反心態雙故事系列

今天真是糟透了

作　　者：安娜斯塔西婭・加爾金納（Anastasiya Galkina）
繪　　圖：葉卡捷琳娜　拉達特科（Ekatorina Ladatko）
翻　　譯：張碧嘉
責任編輯：王一帆
美術設計：劉麗萍
出　　版：新雅文化事業有限公司
香港英皇道499號北角工業大廈18樓
電話：（852）2138 7998
傳真：（852）2597 4003
網址：http://www.sunya.com.hk
電郵：marketing@sunya.com.hk
發　　行：香港聯合書刊物流有限公司
香港荃灣德士古道220-248號荃灣工業中心16樓
電話：（852）2150 2100
傳真：（852）2407 3062
電郵：info@suplogistics.com.hk
印　　刷：中華商務彩色印刷有限公司
香港新界大埔汀麗路36號
版　　次：二〇二三年六月初版

ISBN. 978-962-08-8202 9

Original title: *The terrible day*
First published in the United States of America by "Clever-Media-Group" LLC

18/F, North Point Industrial Building, 499 King's Road, Hong Kong
Published in Hong Kong SAR, China
Printed in China

正反心態
雙故事系列

今天真是糟透了……

安娜斯塔西婭・加爾金納 著
葉卡捷琳娜・拉達特科 繪

新雅文化事業有限公司
www.sunya.com.hk

有一天，西奥從小牀上醒來，陽光灑在他的臉上。

「啊！」他大聲叫道，「太陽真刺眼！」

「我原本想早餐後出去走走，但外面肯定很炎熱！」西奧不開心地想。

西奧走了一會兒，看見查理正在玩遊戲，將膠圈拋到半空，再用頭上的龍角接住。

「嗨，西奧！」查理快樂地叫他，「你要試試嗎？」

西奧拋起膠圈嘗試，卻接不到。他再試一次，還是沒有成功。

「這太難了！
我做不到！」

他嚷着。

「再試試吧，西奧。」查理說。

「再試一次又會怎麼樣呢？」西奧傷心地回答，「我做不到的，先走了。」

西奧決定買點巧克力，這或許會讓他的心情變好。但他剛打開商店大門，就有人踩到了他的尾巴。

「啊！」西奧大喊。

「噢，很對不起。」一個女孩說，「你痛嗎？」

「當然！我的尾巴很痛啊！」

西奧大叫。

西奧轉身離開女孩，氣呼呼地走進商店。

買完巧克力後，西奧打開包裝，一不小心，巧克力掉到了泥地上。

「噢，慘了！
我的巧克力啊！
今天真糟糕！」

西奧很難過。

他傷心地坐在草地上，嚎啕大哭。

過了一會兒，西奧想回家了。
但他一起身，就感到有雨水落到頭上。

「討厭，居然下雨了。」他抱怨。

「今次肯定會着涼，
再病上好幾天。」

西奧噘着嘴，在雨中生氣地走回家。

西奧回家後，看見媽媽已經準備好了西蘭花和烤麪包。

「媽媽！」西奧叫道，「我想自己試一試烤麪包啊！」

「今天真是**最最最糟糕**的一天！」

他叫道。

他哭着跑出廚房，回到房間。

那天晚上，西奧躺在牀上，蓋好被子，回想今天發生的所有壞事。

「今天真是太糟糕了！」他抱怨，「今晚肯定會發噩夢吧。」

他閉上眼睛，努力入睡。

正反心態
雙故事系列
轉變你的心態，
換個方式面對困難
今天真是
糟透了
安娜斯塔西婭．加爾金納 著
葉卡捷琳娜．拉達特科 繪
ISBN 978-962-08-8202-9
HK$82 NT$370
新雅文化事業有限公司
Sun Ya Publications (HK) Ltd.
www.sunya.com.hk

翻轉本書，
轉變心態，就是
另一個故事

正反心態
雙故事系列
轉變你的心態，
換個方式面對困難
今天真是
棒極了
安娜斯塔西婭．加爾金納 著
葉卡捷琳娜．拉達特科 繪
新雅

正反心態
雙故事系列
《翻轉》本書，轉變心態，
就是另一個故事
今天真是
棒極了！
安娜斯塔西婭．加爾金納 著
葉卡捷琳娜．拉達特科 繪
新雅

翻轉本書，
轉變心態，就是
另一個故事

正反心態
雙故事系列
《翻轉》本書，轉變心態
就是另一個故事
今天真是
糟透了……
安娜斯塔西婭．加爾金納 著
葉卡捷琳娜．拉達特科 繪
HK$82 NT$370
新雅文化事業有限公司
Sun Ya Publications (HK) Ltd.
www.sunya.com.hk
上架建議：兒童圖書．繪本
ISBN 978-962-08-8202-9